LA JOIE

FAIT PEUR

COMÉDIE

Représentée, pour la première fois, à Paris, sur le Théâtre-Français,
le 25 février 1854.

ŒUVRES COMPLÈTES

DE

Mᵐᵉ ÉMILE DE GIRARDIN

Format grand in-18

— SEULE ÉDITION COMPLÈTE —

THÉATRE

LA JOIE

FAIT PEUR

COMÉDIE

EN UN ACTE, EN PROSE

PAR

Mme ÉMILE DE GIRARDIN

NOUVELLE ÉDITION

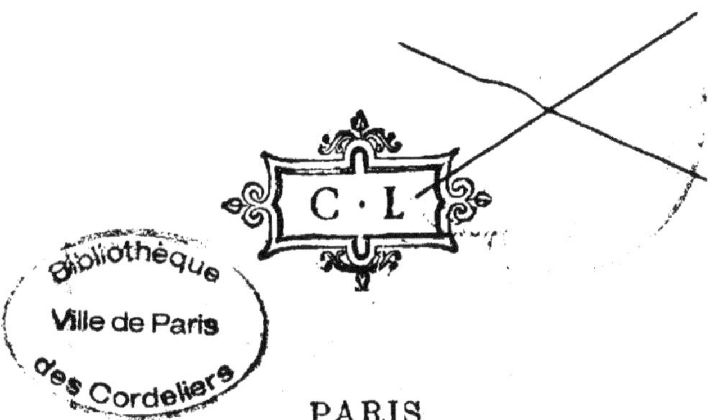

PARIS

CALMANN-LÉVY, ÉDITEURS

3, RUE AUBER, 3

—

PERSONNAGES

ADRIEN, fils de madame des Aubiers.	MM. DELAUNAY
NOEL, vieux domestique.	RÉGNIER.
OCTAVE, ami d'Adrien.	GUICHARD
MADAME DES AUBIERS,	Mme ALLAN.
BLANCHE, fille de Madame des Aubiers,	Mlles DUBOIS.
MATHILDE DE PIERREVAL.	L. FIX.

La scène se passe aux environs du Havre.

LA JOIE FAIT PEUR

SCÈNE PREMIÈRE.

Un petit salon : au fond une porte à deux battants, ouvrant sur le théâtre ;
de chaque côté de la porte, un canapé ; à droite, dans l'angle, une fenêtre
à balcon, avec de grands rideaux ; au premier plan, une cheminée ; une
table servant à dessiner est près de la fenêtre ; un fauteuil sur le devant
de la scène ; à gauche, au premier plan, une table à tiroir adossée au
mur ; dans l'angle, une porte ; sur le devant de la scène, une chaise
longue, faisant face à la cheminée, un pouf est devant la chaise longue.

MADAME DES AUBIERS, BLANCHE, OCTAVE, MATHILDE.

Madame Des Aubiers est assise sur la chaise longue ; Blanche est près d'elle, assise
sur le pouff, faisant face au public, toutes deux travaillent au même morceau de
guipure ; Octave, assis sur le canapé du fond à droite, tient un livre, mais il ne lit
pas, il regarde Mathilde avec inquiétude ; celle-ci, assise devant une table, près de
la fenêtre, dessine. Les trois femmes sont en deuil. — Un silence..... jeu muet. —
Madame Des Aubiers, rêveuse, laisse tomber son ouvrage ; elle reste immobile et des
larmes coulent de ses yeux. Blanche la regarde tristement, elle se lève, essuie les
larmes de sa mère, elle l'embrasse, puis elle va près d'Octave qui se lève.

BLANCHE.

Quel temps affreux, cette nuit!..... Et tous nos pauvres
pêcheurs, partis depuis hier matin !

OCTAVE.

Ils sont rentrés dans le port.... Je les ai vus, j'étais sur la
jetée.

MATHILDE, à elle-même, regardant à l'horizon.

Autrefois, au bruit de la tempête, je frissonnais, je pensais à lui, et je tremblais!.... Aujourd'hui, que m'importent les dangers et la tempête!...

MADAME DES AUBIERS, à elle-même.

Hélas! plus même d'inquiétude!

OCTAVE.

Le vent était si violent qu'il a brisé le grand mât devant la cabane de la Gervaise, votre voisine.

BLANCHE, bas à Octave.

Chut! ne parlez pas de la Gervaise devant maman. Elle aussi a perdu son fils; voilà deux ans qu'elle n'a eu de ses nouvelles

OCTAVE, bas à Blanche.

Ah! la veuve du maître pilote, elle avait un fils?

BLANCHE, bas à Octave.

On croit qu'il a péri dans le naufrage de *l'Amphitrite*. Ne parlez jamais de cela ici... le nom seul de la Gervaise fait pleurer maman... cela lui rappelle...

OCTAVE.

Je comprends.. cher Adrien!... mon ami d'enfance...

MATHILDE.

Mourir à vingt-trois ans, après le succès.

OCTAVE.

Quand déjà nos savants appréciaient l'importance de ses travaux et de ses découvertes! (Il va s'asseoir sur le canapé, à gauche.)

BLANCHE, qui s'est approchée de Mathilde, regardant le portrait.

Oh! c'est bien lui! c'est son doux regard... son air fier!... Prends garde que maman ne le voie, ce portrait, il est si ressemblant, il lui ferait mal. Mon pauvre frère!...Tu l'aimes donc toujours?

MATHILDE.

Enfant!.... (La regardant fixement.) Quand tu es triste, tu as ses yeux. (Elle l'embrasse.) C'est ce mois-ci que nous devions nous marier.

BLANCHE, à part.

Comme il la regarde!

SCÈNE II.

MADAME DES AUBIERS, absorbée sur la chaise longue, **OCTAVE**, sur le canapé à gauche, **NOEL**, entrant du fond dont referme la porte. **BLANCHE, MATHILDE**, dessinant.

NOEL, à voix basse, après avoir regardé madame Des Aubiers.

Mademoiselle Blanche...

BLANCHE, allant à lui vers la porte.

Que veux-tu, Noël?

NOEL.

C'est l'architecte, c'est-à-dire le maître maçon qui vient pour le vieux mur qui est tombé... il voudrait parler à madame.

BLANCHE, bas à Noël.

Bien! (Elle s'avance vers sa mère, puis revient à Noël.) Apporte-t-il le plan de la grange que je lui ai demandé?

NOEL, bas.

Oui, il dit que ça ne coûterait presque rien à bâtir, que madame a ici tous les matériaux.... Tâchez qu'elle consente.... Vous la mènerez voir les ouvriers travailler, ça la forcera à prendre un peu l'air, à marcher.... ce sera toujours ça de gagné.

BLANCHE.

Elle ne voudra pas. — Si je lui demandais de faire faire en même temps une petite serre pour mes fleurs?

NOEL.

Vos quatre orangers?

BLANCHE.

J'en aurai d'autres. Mais non, il ne faut pas que je le lui demande, elle verrait bien que c'est une idée pour elle, et elle ne voudrait pas. Il faut qu'elle croie que je le désire.... Vois-tu, Noël, il n'y a que l'idée de me faire plaisir qui puisse l'entraîner... il faut bien se dire cela.

NOEL.

Oui... Tâchons d'enlever cette affaire-là aujourd'hui, tout de suite.

BLANCHE.

Si je prenais Mathilde...

NOEL.

Elle? Elle n'est bonne à rien... elle ne sait que pleurer.

BLANCHE.

Et faire des chefs-d'œuvre.

NOEL.

Bah! les chefs-d'œuvre, ça ne console pas.

BLANCHE.

Pourtant...

MADAME DES AUBIERS, tirée de sa rêverie

Qu'est-ce donc?

BLANCHE, revenant vers sa mère.

Maman, c'est Noël qui veut absolument que vous parliez au maître maçon pour cette nouvelle grange que vous vouliez faire bâtir, il y a trois mois... avant notre malheur. Je lui dis que vous n'êtes plus disposée à vous occuper d'affaires, que vous ne pouvez penser à cela maintenant. Il ne m'écoute pas.... il est fou... il va faire monter cet homme... il dit que ça ne coûtera presque rien.

NOEL, qui est descendu en scène.

Rien... madame, rien.

BLANCHE.

Qu'on pourra même adapter au bâtiment une petite serre pour moi, pour que je m'amuse à soigner des fleurs.

NOEL, à part.

Très-bien!

BLANCHE.

Que cela me distrairait. Eh! mon Dieu! je n'ai pas besoin me distraire.... Je ne veux pas m'amuser.... Et d'ailleurs, n'aime plus les fleurs. (Elle a gagné le milieu du théâtre.)

MADAME DES AUBIERS, à part.

Chère enfant, toujours en larmes!... Cette vie-là est dangereuse à son âge.. Ses belles couleurs se flétrissent. (Haut.) Tu aimais tant les fleurs autrefois!

BLANCHE.

Oui, alors...

MADAME DES AUBIERS.

Alors tu n'étais pas seule à les soigner... Mais au moins il
 ̇ut garder celles qu'il aimait... c'est un souvenir chéri... Noël
 ̣ raison, ma fille, je vais parler au maître maçon.

BLANCHE, bas à Noël.

Tu l'entends !

NOEL.

C'est de la bonne malice. (A part.) Elle est le démon du bien.

MADAME DES AUBIERS.

Noël, va ouvrir la grille du côté de la ferme. (Noël sort. —
A part.) Allons, du courage. (Haut.) Viens, Blanche, il faut que
tu donnes ton avis ; c'est pour toi. (Elle sort avec Blanche.)

SCÈNE III.

OCTAVE, MATHILDE.

OCTAVE, se levant et fermant la porte.

Seuls un moment par hasard... (Il s'approche de Mathilde, qui se lève
aussitôt et reste immobile.) De grâce, écoutez-moi, je vous en supplie ! Laissez-moi promettre à votre père que bientôt vous re-
iendrez chez lui...

MATHILDE.

Je vous l'ai déjà dit, je veux, je dois rester ici.

OCTAVE.

Vous devez demeurer chez vos parents, dans votre famille.

MATHILDE.

Ma famille est celle-ci..... celle de l'homme que je devais
pouser.

OCTAVE.

Je comprends que vous ayez voulu le pleurer près de sa sœur
et de sa mère dans les premiers jours de votre chagrin ; mais
après trois mois de deuil, il me semble...

MATHILDE.

Eh ! monsieur, si j'étais sa veuve, j'aurais le droit de porter son deuil toute ma vie.

OCTAVE.

Alors ce serait différent... les convenances...

MATHILDE, irritée, passant à gauche.

Eh ! qu'appelez-vous les convenances ? Je pleure avec ceux qui ont la même douleur que moi, voilà pour moi les seules convenances.

OCTAVE.

Vos devoirs de fille...

MATHILDE.

La mère d'Adrien est pour moi une mère.

OCTAVE.

Mais enfin, votre père...

MATHILDE.

Mon père est remarié ; il est heureux : il n'a pas besoin de moi, et je suis certaine que sans vos observations.... inutiles, mon père n'aurait point songé à me rappeler à Paris.

OCTAVE.

Il souffre de vous savoir en proie à un si violent désespoir !... Il vous aime, il est fier de vous, de vos succès. Être au premier rang parmi nos plus fameux artistes, et perdre tout cela dans les larmes et dans l'oisiveté de la douleur !... Votre père a raison... il dit que bientôt l'art lui-même vous fera défaut, que vous ne pourrez plus pe ndre...

MATHILDE.

Eh bien ! je ne peindrai plus.

OCTAVE.

Que vous tomberez malade et que vous mourrez...

MATHILDE.

Eh bien ! je mourrai.

OCTAVE.

Vous n'en avez pas le droit... Votre talent et vos succès vous engagent.

MATHILDE.

Eh ! qu'importent à présent mes succès ! Adrien n'est plus là...

Mon talent! Tout ce que je lui demande (Allant à la table où elle dessinait), c'est la force d'achever son portrait. Oh! je voudrais le faire bien ressemblant... laisser de lui un beau souvenir... Ce cher portrait! ce sera mon dernier travail! Mais... sans lui!... Disputer à la mort cette pauvre image perdue... Ah! c'est affreux! (Elle s'accoude sur la table, la tête dans ses deux mains, et pleure.)

OCTAVE.

Quelle idée aussi de partir, de vous quitter, d'aller courir le monde! Comment voyage-t-on quand on est aimé! Mais moi, Mathilde, si vous m'aviez aimé un peu, seulement un peu, je n'aurais jamais eu le courage de vous dire adieu; non, j'aurais voulu passer ma vie à vous regarder vivre. Je n'aurais pas rêvé la gloire, moi, le vain éclat de mon nom... Votre gloire charmante m'aurait suffi; je n'aurais rien désiré de plus noble que de vous aider à briller vous-même pour nous; je n'aurais songé qu'à vous secourir dans vos travaux; je me serais fait le serviteur de votre génie, et ce rôle modeste et fier m'aurait enivré. Ah! c'est que moi je ne suis pas un ambitieux... j'aime! (Mathilde a relevé la tête. Elle serre le portrait dans le tiroir de la table.) Sans doute, lui vous aimait, il avait pour vous une affection sérieuse; mais s'il vous avait aimée d'amour, d'un véritable amour... (Mathilde se relève.) Vous avez beau vous fâcher, je le répète... il ne serait point parti.

MATHILDE.

Et moi je ne l'aurais pas aimé! car c'est son ambition qui me plaisait... cette soif de la renommée, ce besoin de porter dignement un nom déjà illustre dans l'histoire de son pays. Il aimait mieux courir des dangers, braver mille morts que de rester inutile et inconnu près de moi, dites-vous? Eh bien! c'est là son mérite à mes yeux, c'est cette audace qui m'a séduite. Adrien ne m'aimait pas! Voilà ce que vous tenez à me faire comprendre, n'est-ce pas?... Soit, j'ai compris, et je vous réponds que j'aime mieux cette héroïque indifférence, cet abandon glorieux, que la passion exclusive, la tendresse éternelle que tout autre oserait m'offrir.

OCTAVE.

Vous êtes injuste, Mathilde; je ne mérite pas cette indignation. En quoi vous ai-je donc si cruellement offensée?

MATHILDE, avec colère

Vous m'aimez !

OCTAVE

Est-ce un crime?

MATHILDE.

Oui!... c'est votre ami que je pleure.

OCTAVE.

Vous ne le connaissiez pas encore que je vous aimais déjà...
Alors vous ne vous fâchiez pas de mon amour.

MATHILDE, avec insolence.

J'en riais.

OCTAVE.

Oh! vous êtes sans pitié! Vous voulez donc me désespérer?...

MATHILDE.

Vous voulez bien me consoler!... Vous ne sentez donc pas ce
qu'il y a pour moi d'offensant et de méprisant dans votre espérance?... Me parler d'amour quand je pleure, c'est me dire que
je suis un cœur sans foi, une femme sans souvenir, sans reli-
gion, sans pudeur!... Mais, si je me consolais, je serais une mi
sérable, je me haïrais! Je n'ai plus de valeur que par mon désespoir; je vis pour conserver dans mon âme son souvenir, son
image, pour continuer sa pensée; je vis pour l'évoquer, pour le
pleurer, pour l'aimer!... Et vous venez... vous osez!... (Elle
traverse la scène.) Oh! cette idée me révolte!.. Vous osez venir me
dire, à moi : « Je vous aime, oubliez-le, oublions-le ensemble! »
Et vous vous étonnez que je m'indigne!... Oh! mais moi, je
m'étonne que je puisse vous écouter encore si longtemps! Il
vient ici compter mes larmes et savoir si elles ne commencent
pas à se tarir... et il espère, il est capable d'espérer... et il ose
rêver qu'il me consolera... parce qu'il m'aime, lui, et qu'il saura
bien me prouver qu'Adrien ne m'aimait pas!... Adrien! oh mon
Dieu! était-ce là ton ami?

OCTAVE.

Calmez-vous, de grâce! j'ai tort... mais je suis si malheureux
de vous voir souffrir!...

MATHILDE.

Je veux souffrir.

SCÈNE IV.

OCTAVE.

Le ciel m'est témoin que je donnerais ma vie pour vous sauver de ce désespoir qui vous tuera.

MATHILDE.

Je ne veux pas qu'on me sauve, je ne veux pas que l'on s'intéresse à moi, je ne veux pas qu'on m'aime.

OCTAVE.

Mathilde !

MATHILDE.

Laissez-moi... laissez-moi !

(Elle sort vivement, la porte reste ouverte, et l'on aperçoit aussitôt Noël dans le fond, un plumeau à la main.)

SCÈNE IV.

NOEL, OCTAVE.

OCTAVE.

Par pitié!... (Descendant la scène, à droite.) Faut-il donc l'abandonner!... Ce désespoir, c'est de la démence... Tout ce qu'elle a de force et de génie, elle l'emploie à souffrir!...

NOEL, posant son plumeau et fermant la porte.

Qu'est ce donc? Vous la tourmentez.

OCTAVE.

Je cherche à la consoler.

NOEL.

Puisqu'elle ne veut pas être consolée!...

OCTAVE.

Mais, Noël, vous ne voyez donc pas les ravages que le chagrin a déjà causés en elle?... quel changement! quelle pâleur!

NOEL.

Qu'est-ce que cela vous fait? Tenez, mon cher enfant, laissez-moi vous parler franchement. Ce n'est pas bien à vous d'aimer mademoiselle de Pierreval. C'était la future d'Adrien, vous devez la respecter!... Ensuite, c'est une femme qui ne vous convient pas, à vous: fils unique de notre plus riche armateur,

vous êtes fait pour vivre au Havre, tranquillement, commercia-
lement heureux; pour épouser une bonne petite femme sans
génie, qui aura de l'esprit et pas de talents, qui ne fera pas votre
portrait, mais qui ne fera pas non plus celui des autres et qui n'aimera que vous. Je m'y connais, celle-là ne vous aimera jamais.

OCTAVE , allant s'asseoir à droite.

Vous dites vrai, Noël, il faut que je l'oublie.

NOEL.

Il y en a tant d'autres Pourquoi vous obstiner à celle qui ne
veut pas de vous?

OCTAVE.

Je repartirai ce soir.

NOEL , mécontent.

Déjà! Pourquoi partir?

OCTAVE.

Ma vue lui fait mal.

NOEL, finement.

Votre vue ne fait pas mal à tout le monde.

OCTAVE.

Que voulez-vous dire?

NOEL.

Je veux dire qu'il y a des personnes auxquelles votre vue est
agréable... à moi, par exemple... à madame... à mademoiselle
Blanche... c'est ça une aimable fille!... on ne la loue pas dans les
journaux, dans LA VIGIE, mais...

OCTAVE.

Oui, je crois qu'elle sera très-belle.

NOEL, à part.

Sera!... Il lui faut des femmes belles tout de suite... Il ne
se doute pas que notre petite Blanche l'aime.

OCTAVE.

Elle a déjà beaucoup d'esprit.

NOEL.

Et de l'instruction! et si gaie, quand elle n'a pas de chagrin!...
Ah! celle-là, si quelqu'un voulait la consoler, elle ne lui dirait
pas des sottises. (Octave garde le silence.) (A part.) Il ne comprend pas...

il ne voit rien. Ah! on a bien raison de dire que l'amour est
aveugle... il l'est pour toutes choses.

OCTAVE, *se levant.*

Noël, je serai à Paris demain.

NOEL.

Demain ?

OCTAVE.

Si mademoiselle de Pierreval était malade, si madame Des Aubiers avait besoin de moi, écrivez-moi.

NOEL.

Consoler, distraire trois femmes au désespoir, c'est une rude
tâche, et maintenant que me voilà seul...

OCTAVE.

Vous pouvez compter sur moi; j'ai été élevé dans la maison
avec votre cher Adrien, et quoique je ne sois pas de la famille...

NOEL.

Oh! il y a plusieurs manières d'être de la famille.

OCTAVE.

J'en suis par le cœur, par le choix, par le souvenir.

NOEL, *à part.*

Qu'il est bête !

OCTAVE.

Adrien me traitait en frère, je serai pour sa mère un fils.

NOEL.

Mais, c'est tout ce que je demande.

OCTAVE.

Faites que je puisse partir ce soir. (Il sort.)

SCÈNE V.

NOEL, *seul.*

Pauvre garçon, il fait ce qu'il peut.., il faut être juste, il est
dévoué, et s'il n'avait pas vu notre Blanche toute petite, il y a

longtemps qu'il en serait fou; mais elle est si jolie! il faudra bien qu'il la regarde. (Voyant entrer Blanche qui pleure et va s'asseoir sur le canapé à droite.) C'est elle!... toujours en larmes... c'est décourageant !

(Il va fermer la porte)

SCÈNE VI.

NOEL, BLANCHE.

NOEL.

Mademoiselle Blanche, qu'est-ce que vous faites donc? Vous m'aviez promis de ne plus pleurer. (Il va s'asseoir auprès d'elle.)

BLANCHE.

Noël, ç'a été plus fort que moi. Tu sais bien les belles pivoines roses que nous avons plantées il y a deux ans, Adrien et moi?

NOEL.

Oui, dans la grande pelouse, là-bas... eh bien?

BLANCHE.

Eh bien! Noël, elles sont tout en fleurs et si belles, si belles!... oh ! quel malheur !

NOEL, troublé.

Je ne vois pas de malheur à ça... Allons donc, du courage, morbleu !

BLANCHE, pleurant.

Tu ne vois pas de malheur!... Mais tu ne comprends donc rien? Mon pauvre frère !... Nous les avions plantées ensemble... ensemble! et je suis seule à les voir fleurir !...

NOEL, attendri.

Je comprends... je comprends... mais ça n'est pas plus triste qu'autre chose.

BLANCHE, se levant et passant à gauche. — Noël se lève aussi.

C'est vrai, mais je les avais oubliées, ces fleurs... je marchais tranquillement dans l'allée des peupliers, où je ne m'étais pas promenée depuis huit jours... Tout à coup, au tournant de l'allée, j'aperçois dans le gazon une touffe énorme de grosses fleurs toutes roses!... d'un si joli rose!... J'ai reconnu que c'était celles que... alors... je ne m'y attendais pas et cela m'a saisie; j'ai pensé que lui .. ne les verrait jamais, jamais!... et cela m'a fait tant de mal que je me suis enfuie pour que maman ne me vît pas pleurer.

NOEL, en colère.

Oh! pour le coup, c'est de l'enfantillage!... Vous deviez bien vous attendre à cela, que diable! C'est une chose toute simple, et qui arrive tous les jours. On s'amuse à planter un arbuste avec quelqu'un, et quand le printemps vient, la personne avec qui... on l'a planté n'est... plus là..., on cueille les fleurs... sans elle... tout le monde connait cela..., il n'y a pas là de quoi pleurer. (Il pleure et se fâche.) Voyons, voyons! soyez donc plus forte, et songez que si vous n'y prenez garde, un nouveau malheur peut bientôt vous frapper. Oui, ma chère Blanche, je vous l'ai dit, votre mère m'inquiète, sa santé ne se rétablit pas. Elle pleure des nuits entières; elle a, au moindre bruit, des palpitations qui la font rougir et pâlir à tous moments... Il ne faut pas nous faire d'illusion : si nous ne nous entendons pas tous pour la distraire, pour lui rendre un peu le désir de vivre, le chagrin la tuera.

BLANCHE.

Que faire, Noël? comment la guérir?

NOEL.

Il faut d'abord ne pas sangloter à chaque instant, comme vous faites; il faut lui trouver des occupations... la forcer à sortir.

BLANCHE.

C'est ce que j'avais fait, et déjà j'étais bien contente... Elle est avec l'architecte..., ils ont parlé des travaux, les ouvriers viendront lundi. Je me réjouissais déjà de ce qu'elle avait consenti à tout ce que je lui avais demandé, lorsque j'ai aperçu ces malheureuses fleurs, et...

NOEL.

Encore! je ne veux plus qu'on prononce devant moi le nom de ces coquines de fleurs!... Essuyez vite vos yeux et allez rejoindre madame... en courant... cela vous rendra vos couleurs... Et surtout cachez-lui bien que vous avez tant pleuré!... Tâchez de lui sourire un peu, inventez quelque chose d'agréable...; figu-

rez-vous qu'un bon jeune homme, qui a l'air de ne pas penser à
vous, vient tout à coup vous demander en mariage.

BLANCHE.

Un bon jeune homme?

NOEL.

Je ne parle pas de monsieur Octave.

BLANCHE, souriant.

Monsieur Octave!

NOEL.

A la bonne heure! le voilà, ce joli sourire qui était notre joie
à tous... Il y a si longtemps qu'on ne l'avait vu! Souriez, souriez comme cela à votre mère...; allez, allez, c'est ce qui peut
lui faire le plus de bien...

BLANCHE.

Oh! tu es bon, Noël, tu me rends toujours du courage! Nous
avions toutes perdu la tête... Tu as été pour nous un sauveur!...
si délicat dans tes soins pour ma mère, si ingénieux pour la
préparer doucement à ce coup terrible!... Je ne te dis rien, mais
je sens bien tout ce que nous te devons. Oui, va, je te connais
et je t'aime bien!... Oh! mais voilà que tu pleures à ton tour,
je t'y prends! tu ne pourras plus me gronder!...

NOEL, pleurant.

C'est qu'aussi vous me dites des choses!... (Se fâchant.) Allons,
allons, ne m'attendrissez pas, ne m'enlevez pas mon énergie.

BLANCHE.

Comment! tu ne veux pas que je te dise que je t'aime et que
tu es bon?... Eh bien je te dirai que tu es très-spirituel.

NOEL.

Moi?

BLANCHE.

Et que, malgré ton air niais et tes boucles d'oreilles...

NOEL.

J'ai l'air niais?

BLANCHE.

Oui.

NOEL.

Ah!... Eh bien ! malgré mon air niais et mes boucles d'oreilles, qu'est-ce que je sais faire ?

BLANCHE.

Tu sais deviner des choses mystérieuses que personne ne devine... Tu lis dans la pensée, toi !

NOEL, souriant.

Hein ! qu'est-ce que cela signifie ? Expliquez-vous.

BLANCHE.

Non, non, je ne veux rien..., je ne veux rien dire de plus ; je veux seulement te prouver que je te connais, que j'apprécie tout ce que tu fais pour nous et que je t'aime bien.

NOEL.

Mais enfin, il faut...

BLANCHE.

Assez, assez !... Maman m'attend pour aller à l'église. Adieu ! (Revenant à la gauche de Noël, et tout bas.) Tu n'en as parlé à personne, Noël, n'est-ce pas ?

NOEL, avec malice.

De quoi donc ?

BLANCHE.

De tes découvertes.

NOEL.

Non...

BLANCHE.

Oh ! je t'en prie, sois discret...! Si maman se doutait..., elle serait encore plus triste... Et puis, moi, Noël, j'ai ma dignité !...

NOEL.

Et puis, enfin, ce n'est peut-être pas vrai.

BLANCHE. vivement.

Oh ! que si.

NOEL. de même.

Ah !... vous avouez donc ?

BLANCHE.

Rien..., rien... Adieu, Noël, adieu ! (Elle sort et la porte se referme.

SCÈNE VII.

NOEL, seul.

La charmante fille! Voi à une femme dans mon genre! C'est
comme cela qu'elles me plaisent, les femmes! (Il va ouvrir la fenêtre.)
Je n'aime pas ces grands caractères à grands sentiments, ça me
fait peur. (Il range la table contre la cheminée.) Leur fameuse Mathilde
qu'ils aiment tous..., moi, elle m'effaroucherait. Ils appellent ça
une femme de génie... Eh bien! qu'est-ce que ça me fait, à moi,
une femme de génie!... Je n'en fais aucun cas, je le dis hardi-
ment. (Il place un fauteuil sur l'avant-scène, à droite.) Si je lui pardonne son
génie, à celle-là, c'est qu'l lui a fait faire un beau portrait de
notre cher enfant; quoiqu'e le lui ait donné un air sombre et sévère
qu'il n'avait.... qu'il n'a pas; car ils ont beau le pleurer..., moi
je ne peux pas encore m'imaginer qu'il soit mort. Quand on me
donne tous les détails de sa fin si horrible, qu'on me montre ses
habits troués de balles, les lettres qu'on a trouvées sur lui, son
portefeuille, ses papiers qui sont là. (Il indique la porte à gauche.) Eh
bien! je dis encore que cela ne prouve rien. (Il secoue les coussins
de la chaise longue.) Le rapport du capitaine constate que ces habits
recouvraient le corps d'un jeune homme mort depuis plusieurs
jours, et dont les traits étaient méconnaissables. Donc, ce n'é-
tait pas lui!... Ne peut-il pas avoir prêté ses habits à un cama-
rade, à un compagnon? Peut-être qu'il est chez les sauvages, en
danger, en grand danger...; mais mort, non, cela ne se peut
pas...Cela lui ressemble si peu de mourir!...de mourir jeune...,
lui à qui la mort s'est offerte déjà tant de fois..., lui qui l'a toujours si adroitement évitée! Quand je me rapelle tous les
dangers dont il a été sauvé par miracle, non je ne peux pas me
décider à croire que Dieu l'ait tout à coup abandonné. Un jour,
(il avait cinq ans), nous jouons ensemble, je courais après lui,
dans le feu de la course, il perd la tête, s'approche de la fenêtre,
saute par-dessus la balustrade et disparaît...Un second étage!...
Je pousse un cri, je m'élance vers la fenêtre, je regarde sur le pavé...
je croyais le voir là étendu sans vie... pas du tout! mon gail-
lard était accroché par sa blouse à une jalousie du premier étage;
il avait passé ses petits pieds dans les bâtons, et, se tenant par
les mains, il regardait gaiement en l'air et m'attendait au pas-

sage. « Tu ne m'attraperas pas, s'écriait-il, tu ne m'attraperas
pas!   Ah! malheureux, quelle frayeur! J'en ai été malade six
semaines... lui n'en a fait que rire. Et le jour où il est tombé
dans la rivière, juste dans le filet du père Giraud, qui l'a bien
vite repêché avec deux truites!... Et quand... ah! bah! je n'en
finirais pas.. c'était toujours comme ça... des miracles qui prou-
vaient bien que le bon Dieu avait besoin de lui pour plus tard.
Et l'on voudrait me faire accroire que des méchants sauvages,
que des gens de rien, des hommes tout nus, auraient osé porter
la main sur cet enfant béni? Non... ça ne se peut pas! aussi,
moi, je l'attends!... Je le verrais entrer là, tout à coup, que je n'en
serais pas même saisi... cela ne me ferait rien du tout. Il me
semble à tous moments qu'il va m'apparaître... il me semble que
je vais entendre sa voix, (La porte du fond s'ouvre, un jeune homme paraît.
Il s'arrête et écoute.) sa bonne et belle voix, forte et sonore, et qu'il
va me crier comme autrefois, quand il revenait de ses excur-
sions savantes sur les côtes : « Me voilà! me voilà! mon vieux
« Noël, je n'ai rien mangé depuis vingt-quatre heures, vite une
« omelette! »

SCÈNE VIII.

NOEL, ADRIEN.

ADRIEN.

Me voilà! mon vieux Noël, je n'ai rien mangé depuis vingt-
quatre heures, vite une omelette! (Il pose sa casquette sur le canapé,
à droite, puis descend en scène.)

NOEL, pétrifié en voyant Adrien.

Ah!

ADRIEN.

Qu'as-tu donc?... tu es tout tremblant... Tu ne m'attendais
donc pas?... Je t'annonçais... (Voyant chanceler Noël et le recevant dans
ses bras.) Eh bien! Noël... Noël... reviens à toi. (Noël le regardant et
cherchant à le reconnaître, il lui dit :) C'est bien moi !

NOEL, après avoir sangloté.

Oh! mon enfant, que je suis heureux! (Il l'embrasse.)

ADRIEN.

Mais, Noël, ce saisissement... je ne comprends pas... Mes
deux lettres... tu ne les as donc pas reçues?

NOEL.

Rien... je n'ai rien reçu

ADRIEN.

Ma lettre a dû arriver hier.

NOEL.

Hier!... Depuis qu'on n'attend plus rien de toi, on n'envoie plus chercher les lettres à la ville.

ADRIEN.

Mais vos autres lettres?

NOEL.

Oh! celles-là, elles viennent quand elles veulent.

ADRIEN.

Et ma mère?...

NOEL.

Elle vous croit toujours mort.

ADRIEN.

Mort!

NOEL.

Ah! la malheureuse, quel coup de foudre! Oh! Seigneur!...

ADRIEN.

Ainsi, elle n'est donc pas préparée à mon retour?

NOEL.

Est-ce que j'y étais préparé, moi?... Mais, j'y pense, quelqu'un t'a peut-être vu entrer ici?... N'as-tu pas rencontré quelqu'un?

ADRIEN.

Personne... J'étais même inquiet de ce que vous ne veniez pas tous à ma rencontre.

NOEL.

A sa rencontre!... Il est amusant!... Mais cette émotion est trop... un autre à ma place en serait tout éperdu... Heureusement que j'ai de la tête! Voyons, soyons prudent... ces pauvres femmes, elles en mourraient!... il faut les amener, petit à petit, à cette idée... si douce! mais trop douce... Ah! c'est que, vois-tu, elles n'ont pas mon énergie... elles ne pourraient supporter... comme moi...

ADRIEN, lui prenant les mains.

Mon brave Noël, tu trembles pour ma mère... elle est donc

bien malade, que le bonheur de me revoir te paraît si dangereux pour elle?

NOEL.

Très-malade... Oh! je ne suis plus inquiet... c'était le chagrin... le bonheur va la guérir ; mais, pour cela, il ne faut pas
qu'il la tue du premier coup. Oh! ce premier moment sera terrible!... Je ne sais... je cherche... Me voilà aussi tourmenté que
le jour où je lui ai appris votre mort. Elle est restée trois heures
sans connaissance... et pourtant je l'avais amenée tout doucement...

ADRIEN.

Pauvre mère!... Oh! qu'il me tarde de l'embrasser!

NOEL.

Tais-toi donc! tu me fais peur.

ADRIEN.

Tu crois que la joie?...

NOEL.

Je crois qu'à votre vue elle tomberait morte... voilà ce que je
crois... Il faut absolument que votre sœur...

ADRIEN.

Oui, Blanche nous aidera. Qu'il y a longtemps que je ne l'ai
vue! comme elle doit être jolie à présent!

NOEL.

Elle était jolie, elle l'est encore ; mais depuis votre mort elle
pleure tant!...

ADRIEN.

Chère petite sœur! Et mademoiselle de Pierreval?

NOEL.

Elle est ici.

ADRIEN.

Mathilde est ici!

NOEL.

Depuis votre mort elle n'a pas quitté la famille.

ADRIEN.

Oh! Noël, que je suis heureux! (Il lui saute au cou et l'embrasse.)
elle m'aime donc toujours?

NOEL.

Elle fait votre portrait et elle pleure! va-t-elle être contente...

Oh ! oui... mais il ne faut pas l'épouvanter non plus ; celle-là,
c'est un autre genre, elle deviendrait folle. Oh ! mon Dieu, mon
Dieu ! qu'est-ce que je vais faire de mes femmes ?... comment
leur apprendre ?... comment les avertir ?.. je m'y perds, je n'y
suis plus... je ..

ADRIEN.

C'était pour éviter tout ce trouble, que je t'avais écrit ; en ar-
rivant au Havre, j'ai su que la nouvelle de ma mort était répan-
due dans le pays, et c'est toi que je chargeais de dire à ma
mère...

NOEL, écoutant.

Chut !...

ADRIEN.

Quel malheur que tu n'aies pas reçu cette lettre !

NOEL.

Silence donc ! c'est elle

ADRIEN.

Qui ?

NOEL.

Madame !

ADRIEN.

Ma mère !

NOEL.

C'est son pas fatigué et languissant... elle s'arrête à moitié de
l'escalier... c'est elle !... où le cacher ?...

ADRIEN.

Dans ma chambre.   (Il court vers la petite porte à gauche.)

NOEL.

Madame a la clé... on n'entre plus dans cette chambre !

ADRIEN.

Sur le balcon...

NOEL.

Dehors !... on vous verrait. Le verrou... le verrou... non...
cela l'inquiéterait, elle insisterait pour entrer... ah ! barrica-
dons la porte... vite, vite, aide-moi.

(Il tire le canapé de droite et le place devant la porte, aidé d'Adrien,
Il met ensuite un fauteuil devant le canapé.)

SCÈNE IX.

NOEL, à genoux sur le canapé, MADAME DES AUBIERS, derrière la porte, ADRIEN, caché par le vantail de droite de la porte.

MADAME DES AUBIERS, essayant d'ouvrir la porte.

Noël !

NOEL, bas à Adrien.

Laissons-la appeler.

ADRIEN.

Oh ! ma mère !

MADAME DES AUBIERS, entr'ouvrant la porte.

Noël !

NOEL.

Ah ! pardon, madame, je croyais que tout le monde était à l'église, et je profitais de ça pour faire le salon à fond... il en a bon besoin. Madame veut-elle que je dérange le canapé pour?...

MADAME DES AUBIERS.

Non, je venais seulement chercher mon livre de messe, il doit être là sur la cheminée, donne-le-moi, Noël.

NOEL.

Oui, madame. (Tout en maintenant le canapé contre la porte, il fait signe à Adrien qui va prendre sur la cheminée le livre de sa mère, et le couvre de baisers ; au lieu de le remettre à Noël qui l'attend, Adrien tout tremblant, le passe à sa mère derrière la porte.) Est-ce celui-là, madame?

MADAME DES AUBIERS.

Oui, merci ! (Elle se retire.)

NOEL s'assure qu'elle est partie, ferme la porte et tombe assis sur le canapé.

Ouf! je suis en nage !

ADRIEN, regardant par la fenêtre.

Noël, je la vois ! je la vois !... Oh ! comme elle est pâle !... comme elle est changée, ma pauvre mère ! (Il pleure.)

NOEL, allant à Adrien et l'entraînant loin de la fenêtre.

Et moi aussi, je suis bien changé... mes pauvres cheveux sont presque tout gris.

ADRIEN.

Quelle douleur ! comme elle m'aime, ma mère ! Et ne pouvoir
la tenir dans mes bras ! l'embrasser... (Il lui tend les bras de loin.

NOEL, qui s'est mis devant Adrien, se jetant dans ses bras.

Embrassez-moi toujours, ça vous soulagera. (Adrien l'embrasse
avec passion.) Tant que vous n'aurez rien de mieux à embrasser,
tâchez de vous faire illusion. (Il passe à gauche, et Adrien se rapproche
de la fenêtre.) Grâce au ciel, le danger est passé ! (Arrachant Adrien de
la fenêtre.) Mais cachez-vous donc !... si elle se retournait...

ADRIEN.

Cela me fait tant de bien de la suivre des yeux !... Noël, tu
vas dire que je suis un monstre, mais cela me fait plaisir de me
voir pleurer comme ça !

NOEL.

Vous n'êtes pas dégoûté !... Mais il ne s'agit pas d'être heureux, il faut nous entendre... nous avons une heure devant
nous... Mais non ! qu'est-ce qui vient là?... vite le verrou.

(On frappe à la porte.)

BLANCHE, au dehors.

Noël !...

NOEL, bas à Adrien.

C'est votre sœur !

ADRIEN.

Blanche !

BLANCHE.

Noël !...

NOEL.

Ah! bah! à cet âge-là, on a de la force pour le bonheur...
Laissez-moi seulement la prévenir... cachez-vous derrière le
rideau. (Il indique la fenêtre.)

BLANCHE.

Ouvre donc !

NOEL.

Voilà ! voilà !

SCÈNE X.

BLANCHE, NOEL, ADRIEN caché.

NOEL. Il retire le canapé, pousse le verrou.
Ah! c'est vous, mademoiselle. (Il époussette les meubles en fredonnant.)

BLANCHE.
Pourquoi donc t'enfermes-tu, Noël?

NOEL.
Pourquoi!... c'est... c'est pour empêcher la poussière de sortir.

BLANCHE.
La poussière...

NOEL, à part.
Qu'est-ce que je dis donc?

BLANCHE, allant prendre son ouvrage sur la table à gauche.
Maman est allée à la messe avec Mathilde.... Elles n'ont pas voulu m'emmener... j'y suis allée ce matin déja. Je croyais que maman serait trop souffrante et qu'elle ne pourrait pas sortir aujourd'hui.... Oh! Noël, tu as raison, je la regardais tout à l'heure, elle est bien atteinte, ce chagrin l'a brisée. (Elle traverse le théâtre pour aller à la cheminée chercher ses oiseaux.)

NOEL a repris son plumeau et époussette les meubles.
Le chagrin.... oui.... effectivement le chagrin.... (Il fredonne) Peuh! peuh!

BLANCHE, s'arrêtant.
Mais qu'as-tu donc?

NOEL.
Moi?... rien... rien... Peuh! peuh!

BLANCHE, se retournant.
Je te parle de mes inquiétudes et tu ne m'écoutes pas.

NOEL.
Si fait, mademoiselle, si fait... Peuh! peuh

BLANCHE.
En vérité, je crois qu'il chante! Toi, Noël, tu chantes! Mais

qu'est-ce qu'il y a donc ? (s'approchant de Noël.) Noël, tu as l'air tout
jeune !... Ce n'est pas naturel... Il est arrivé quelque chose...
Mais qu'as-tu donc, Noël ?

NOEL.

Je suis bouleversé, n'est-ce pas ? J'ai la figure à l'envers ?...
Je vous parais tout drôle, cela doit être. C'est que je viens d'é-
prouver une émotion, une impression, une commotion violente,
et j'ai un peu de peine à me remettre.

BLANCHE.

Une émotion heureuse, car tu es tout content et tu chantes !

NOEL.

Oui, mademoiselle...

BLANCHE.

Heureuse pour toi ?

NOEL.

Pour moi et pour vous.

BLANCHE.

C'est vrai, c'est la même chose, tu n'as pas d'enfant.

NOEL.

Je suis mon seul enfant, le fils de mes œuvres.

BLANCHE.

Alors, c'est un bonheur qui nous arrive ?

NOEL.

Oui... oui... un bonheur.

BLANCHE.

Lequel ?

NOEL.

Devinez... cherchez...

BLANCHE.

Je n'ai pas besoin de chercher... mon frère ?...

NOEL.

C'est ça, vous y êtes

BLANCHE.

On a de ses nouvelles ?

NOEL.

Allez, allez !

BLANCHE.

Il n'est pas mort? On s'était trompé? Il est arrivé au Havre?

NOEL.

Vous le savez donc?

BLANCHE.

Non, je l'ai rêvé...

NOEL.

Mademoiselle Blanche, vous avez du courage, de l'énergie, du sang-froid...

BLANCHE.

Tu peux tout me dire... Tu le vois, Dieu m'avait préparée à cette joie !

NOEL.

Alors... si Dieu vous a préparée, je n'ai plus rien à faire.... mais vous ne vous évanouirez pas?

BLANCHE.

Moi !... Il est ici?

NOEL.

Il est ici.

BLANCHE.

Nous allons le revoir ?

NOEL.

Vous allez le revoir.

BLANCHE, tombant à deux genoux.

O ma mère !

ADRIEN, sortant de derrière le rideau, à part.

Pauvre petite sœur !...

BLANCHE, regardant autour d'elle.

Mais, s'il est ici, où donc est-il ?...

ADRIEN, descendu à droite.

Blanche !

BLANCHE, toujours à genoux, lui tendant les bras.

Adrien !... viens, viens, je n'ai pas peur.

ADRIEN. Il court à elle et la relève dans ses bras.

Ma sœur, ma chère Blanche ! quel bonheur !

(Il la fait passer à sa gauche.)

BLANCHE.

Oh! maman, maman, quelle joie!..... Un mois plus tard, Adrien, tu ne l'aurais plus retrouvée. Et Mathilde! comme elle va reprendre courage! Tu nous rends la vie à toutes les trois. Oh! que Dieu est bon!... Mais regarde-moi... C'est bien lui!... Noël!... Adrien!... Ah!.. Ils t'avaient donc tué ces vilains sauvages?

ADRIEN.

Pas tout à fait... J'avais trois balles dans le corps, j'étais sans connaissance... ils m'ont pris mes habits et ils m'ont laissé là... J'ai été sauvé par miracle.

NOEL.

Qu'est-ce que je disais? .. un miracle!

ADRIEN.

Une femme du pays m'a recueilli chez elle, j'ai été deux mois à me rétablir...

BLANCHE.

Pauvre frère!

ADRIEN.

Elle me soignait à sa façon; pour tout traitement, des paroles magiques. Ç'a été long!

BLANCHE.

Et ton uniforme qu'on nous a renvoyé?

ADRIEN.

On l'a retrouvé sur mon voleur qui, dans une mêlée où nous avons perdu plusieurs des nôtres, a été tué.

NOEL.

C'est bien fait!

BLANCHE.

On l'a pris pour toi?...

NOEL.

Il était méconnaissable?...

ADRIEN.

Il était mort depuis quinze jours! Et comme il avait mon uniforme ..

NOEL.

Comme on a trouvé sur lui votre passeport...

BLANCHE.

Les lettres de ma mère...

NOEL, à Adrien.

La montre à votre chiffre...

ADRIEN.

On a cru que c'était moi.

NOEL.

C'est ça !... Permettez donc... Je découvre une chose.
(Il passe entre eux.)

BLANCHE.

Quoi donc ?

NOEL.

C'est que, depuis trois mois, c'est son voleur que nous pleurons !... Nous pleurons son voleur.

BLANCHE, riant.

Son voleur !...

ADRIEN.

C'est vrai... c'est nouveau !

NOEL.

C'est drôle... je trouve cela drôle. (Ils rient aux éclats.)

BLANCHE, les interrompant avec tristesse et allant à son frère.

Ah! c'est mal! Nous rions... et maman qui pleure encore!

ADRIEN.

Ne pensons qu'à elle... Je vous conterai mes aventures quand elle sera là.

NOEL.

Il faut absolument le cacher. Il ne peut pas rester dans ce salon.

BLANCHE, tendrement à Adrien.

C'est le tien... On y était mieux pour penser à **toi**.

NOEL.

Il nous faudrait la clé de cette chambre.

BLANCHE.

Maman l'a chez elle.

NOEL.

Diable !

BLANCHE.

Non... non, je me rappelle, hier elle l'a mise là-dedans (*elle va à la table à gauche et cherche dans un pupitre.*) La voilà, nous sommes sauvés! (*Elle ouvre la porte de la chambre. — A Adrien.*) Vite, en prison, et ne bougez pas, monsieur... Vous resterez là jusqu'à ce soir, sans boire ni manger!... (*venant à Adrien.*) Ah! je parie que tu as faim?

ADRIEN.

Non, je suis trop ému.

BLANCHE.

Tu vas déjeuner, cela t'occupera.

ADRIEN.

Dans une maison où il n'y a que des femmes, il n'y a jamais rien à manger.

BLANCHE.

Mais nous ne sommes pas seules.

ADRIEN.

Comment?

BLANCHE.

Nous avons ici un ami.

ADRIEN, vivement.

Octave!... Il est avec vous?

BLANCHE.

Il ne nous quitte pas

ADRIEN.

Pourquoi donc rougis-tu?

BLANCHE.

Je ne rougis pas.

ADRIEN.

Tu as rougi.. Octave est amoureux de toi!

BLANCHE.

Non.. Viens.

NOEL, bas à Adrien.

Ne la taquinez pas, je vous ferai ses confidences.

ADRIEN, à Noël.

Ah!. . J'arrive à temps pour les bénir.

BLANCHE, à Adrien.

Dépêche-toi, maman va rentrer !

NOEL, regardant par la fenêtre.

Non, personne encore dans l'avenue...

ADRIEN, à la porte de sa chambre.

Ah ! ma chambre d'écolier !... quelle symétrie ! Mes livres, mes cartes, mes herbiers, chaque chose est à sa place... Je ne m'y reconnais plus... Voyez-vous, ce vieux grondeur, comme il a bien vite profité de ma mort pour mettre en ordre mes affaires ! Mais, sois tranquille, demain tu t'apercevras que je suis revenu. Et mes études, on les a fait encadrer... Quel honneur !

(Il entre dans sa chambre.)

BLANCHE.

C'est ça... admire-les. (Elle ferme la porte.)

ADRIEN.

Comment, tu m'enfermes ?

BLANCHE.

Sois sage... Songe qu'il y va de la vie de maman. Dans sa chambre ! En voilà de la joie !

SCÈNE XI.

BLANCHE, NOEL.

NOEL.

Quelle aventure ! Quand je disais qu'il n'était pas mort. , je le connaissais bien !

BLANCHE.

Va vite lui chercher à déjeuner.

NOEL.

C'est juste.

BLANCHE.

Quel bonheur ! quel bonheur ! comme nous allons nous amuser ! Ah ! que c'est gentil de n'avoir plus de chagrin ! Et cet affreux deuil ! oh ! la vilaine robe !... il me tarde de la quitter... je mettrai ce soir ma robe rose ! (Elle saute de joie.)

NOEL.

Comme ça lui va bien, le bonheur! elle saute comme une petite chèvre! Mais, mademoiselle, ne sautez donc pas comme ça...
si madame vous voyait!...

BLANCHE.

Oh! je t'en prie, laisse-moi un peu sortir ma joie... elle m'é-
touffe. Oh! c'est si bon de penser qu'il est là, lui, ce cher enfant
que nous avons tant pleuré... Il est là!... mon cher petit frère.
(Elle lui envoie des baisers.) Je le trouve bien embelli... c'est un homme.

NOEL.

Plus... un marin! Oh! il a une fameuse tournure, et il est
bien mieux que son ami Octave.

BLANCHE.

Noël, tu es méchant.

NOEL.

Je suis si content... je dis des malices... c'est ma manière de
danser, à moi. Mais quel moyen employer pour apprendre à
madame?...

BLANCHE.

Moi, je ne cherche pas. . Dieu m'enverra une inspiration. La
seule chose qui m'inquiète c'est que je ne peux plus être triste.

NOEL.

Ni moi non plus.

BLANCHE.

Nous voilà bien!

NOEL.

Vous êtes fraîche comme une rose!

BLANCHE.

Et toi, donc! tu as un regard brillant qui dit tout.

NOEL.

Non, cela ne prouve rien. J'ai quelquefois l'œil très-brillant,
d'ailleurs... (on entend sonner.)

BLANCHE.

On vient d'ouvrir la grille.

NOEL, regardant par la fenêtre.

C'est madame... tenons-nous bien!

BLANCHE.

Elle est avec Mathilde.

NOEL.

Elles se séparent. Mademoiselle de Perreval rentre chez elle, madame est sur le perron... elle monte ici... Allons, ferme! voilà le moment du danger... je m'en vais

BLANCHE.

Comment, tu me laisses?

NOEL.

Vous le disiez vous-même, je ne sais pas dissimuler... je ne suis pas femme. (il sort.)

SCÈNE XII.

BLANCHE, seule.

Noël! Que faire? le cœur me bat... Pauvre mère! La voici. Comme elle est triste! (Elle va du côté de la fenêtre.) Oh! je voudrais lui sauter au cou et lui dire tout de suite... mais non, elle est si malade .. Mon Dieu, inspirez-moi.

SCÈNE XIII.

MADAME DES AUBIERS, BLANCHE.

MADAME DES AUBIERS, sans voir Blanche.

Que je souffre!... Tant mieux! le supplice sera moins long.

(Elle s'assied sur la chaise longue.)

BLANCHE, s'approchant.

Vous voilà, maman... comment êtes-vous? Cette course vous a fatiguée, je le vois.

MADAME DES AUBIERS.

Ah! tu étais là?... je ne t'avais pas vue.

BLANCHE.

J'étais sur le balcon... Ah! maman, vous êtes pâle... vous avez encore bien pleuré!...

MADAME DES AUBIERS.

J'ai prié.

BLANCHE, à part.

Oh! je ne peux plus la voir pleurer, je n'ai plus de patience...

MADAME DES AUBIERS.

Octave était avec nous; je n'ai pu dire à Mathilde ce que je voulais lui faire comprendre. Il faut tant de ménagements avec elle! Ne trouves-tu pas ma fille, qu'elle est tous les jours plus irritée? N'es-tu pas comme moi inquiète de Mathilde?

BLANCHE, distraite.

Oui, maman, très-inquiète...

MADAME DES AUBIERS.

Il faut absolument qu'elle retourne chez son père... Je n'ai pas le droit de m'emparer de son avenir... Elle doit se consoler, elle... aucun lien ne l'engage. La douleur constante, les regrets éternels n'appartiennent qu'à nous.

BLANCHE, à part.

Oh! que je voudrais répondre!

MADAME DES AUBIERS.

Qu'as-tu donc? Tu n'en veux point à Mathilde, n'est-ce pas?

BLANCHE.

Moi? Non, maman.

MADAME DES AUBIERS.

Tu n'es pas fâchée que nous soyons allées sans toi à l'église?

BLANCHE, vivement.

Non, au contraire, je suis bien contente d'être restée à la maison.

MADAME DES AUBIERS, à part.

Ah!... Octave!... cette idée me trouble... on étouffe ici!... (Haut) Pourquoi as-tu fermé la fenêtre? Ouvre-la, Blanche.

BLANCHE, regardant la fenêtre ouverte.

La fenêtre!... Mais, maman, elle... Ah! c'est vrai, je l'avais fermée par distraction. (Elle court à la fenêtre ouverte et fait semblant de l'ouvrir. — A part.) Comme elle est oppressée!... Je n'ose encore rien lui dire.

SCÈNE XIII.

MADAME DES AUBIERS.

Il va faire de l'orage, sans doute... on est suffoqué!

BLANCHE, à part.

Il fait un temps superbe!.... Oh! mon Dieu! comme elle souffre. (Elle passe derrière sa mère et se place à sa gauche. Haut.) Maman... (Elle embrasse sa mère.)

MADAME DES AUBIERS.

Cette promenade à la ferme t'a fait du bien. Tu as repris tes couleurs et presque ton gentil sourire... Mais je te trouve, je ne sais pourquoi, une expression de figure étrange.

BLANCHE.

A moi!...

MADAME DES AUBIERS.

Tu me parais à la fois joyeuse et contrariée.

BLANCHE.

Vous devinez tout.

MADAME DES AUBIERS.

As-tu appris quelque nouvelle qui te réjouisse?

BLANCHE.

Maman... (A part.) Quelle idée!... Si j'osais...

Me DAME DES AUBIERS.

Hélas! que pourrions-nous apprendre?

BLANCHE, à part.

Oui, c'est le meilleur moyen.

MADAME DES AUBIERS, faisant signe à Blanche de s'asseoir.

Dis-moi, qu'est-ce que tu as?

BLANCHE, s'asseyant sur le pouff.

Eh bien! je suis en colère, je suis furieuse, il y a des choses qui me révoltent.

MADAME DES AUBIERS.

Quoi donc?

BLANCHE.

C'est qu'il arrive de si grands bonheurs à des gens qui ne les méritent pas, qui ne les sentent pas! Et que vous, vous ayez tant de chagrins!.... vous qui êtes si bonne, si généreuse, si aimée!

MADAME DES AUBIERS.

J'avais reçu ma part trop belle, Dieu me l'a reprise. Mais de qui veux tu-parler ?

BLANCHE.

De cette mauvaise mère... moi je trouve que c'est une mauvaise mère.

MADAME DES AUBIERS.

Je ne sais pas de qui tu veux parler ?

BLANCHE.

De Gervaise... de Gervaise qui avait forcé son fils à partir, à s'engager, parce qu'il voulait se marier malgré elle. C'était une cruauté indigne... e le méritait bien de le pleurer toujours !

MADAME DES AUBIERS.

Eh bien ?

BLANCHE

Elle a reçu enfin des nouvelles ..

MADAME DES AUBIERS, se levant.

Des nouvelles de son fils ?

BLANCHE.

Il n'a point péri dans le naufrage de *l'Amphitrite*, comme on le croyait.

MADAME DES AUBIERS.

Oh ! mon Dieu ! un tel bonheur ! est-ce possible ?

(Elle retombe sur la chaise longue.)

BLANCHE.

Il est à Brigthon, on l attend au Havre.

MADAME DES AUBIERS, exaltée.

Qu'a-t-elle donc fait au monde, cette mère, pour que cette récompense lui soit donnée ?

BLANCHE.

Rien... et c'est ce qu m'indigne ! Elle ne savait pas même pleurer son enfant.

MADAME DES AUBIERS.

Ah ! Ne dis pas cela, ma fille !

BLANCHE.

On l'aurait crue déjà consolée, elle était si calme, si résignée..

MADAME DES AUBIERS.

C'est qu'elle espérait! Gervaise n'avait jamais reçu, elle, la nouvelle officielle de la mort do son fils, elle pouvait toujours se flatter qu'un jour...

BLANCHE.

Oui, c'est ce que je dis, elle pouvait encore espérer.... Les aventures de voyage sont si singulières!

MADAME DES AUBIERS.

L'heureuse femme!

BLANCHE.

Mais alors, maman, — c'est une idée folle, mais nous... nous peut-être aussi nous pouvons espérer.

MADAME DES AUBIERS.

Espérer!

BLANCHE.

Oh! maman, maman, quelle joie si tout à coup nous allions apprendre que...

MADAME DES AUBIERS.

C'est impossible, impossible, on a eu toutes les preuves de sa fin horrible... Mon pauvre enfant!

BLANCHE.

On a trouvé le corps d'un jeune homme qui avait les habits d'Adrien, c'est vrai; mais on a dit, on a avoué qu'on n'avait pas pu le reconnaître.

MADAME DES AUBIERS.

Oui, mais...

BLANCHE.

Mais... mais... si... si quelqu'un... qui sait?... si quelqu'un avait emprunté son uniforme?

MADAME DES AUBIERS.

Un officier ne prête pas son uniforme; et d'ailleurs, l'acte est positif, le gouvernement a reçu la nouvelle.

BLANCHE.

On peut bien se tromper.

MADAME DES AUBIESR.

Mais, ma pauvre folle, Adrien m'aurait écrit.

BLANCHE.

Ce n'est pas par une lettre que Gervaise a appris le retour de
son fils, c'est par un voyageur.

MADAME DES AUBIERS.

Son fils ne lui écrivait jamais, c'était un cœur insouciant; mais
mon fils à moi, si dévoué, si religieux dans ses soins...

BLANCHE.

Eh bien! moi, depuis que je sais que Gervaise a appris le retour de son fils, je ne peux pas m'empêcher d'espérer, de rêver
le retour du nôtre... Je ne peux pas croire que Dieu fasse une si
grande injustice en sa faveur, et qu'il vous oublie. Oh! maman,
songe donc comme tu serais heureuse si on venait... là... tout à
coup, te dire : On a vu votre fils...

MADAME DES AUBIERS, exaltée.

Tais-toi... tais-toi!... j'en mourrais!... Ne me donne pas ces
cruelles idées, elles sont inutiles, et elles me font trouver mon
désespoir encore plus amer.

BLANCHE, à part, en s'éloignant.

Elle me décourage. . elle ne me seconde en rien... elle repousse toute espérance, même en rêve. Et ce Noël qui me laisse
tout le mal!... Pourtant il faut bien lui apprendre... (Haut.) Vous
me quittez, maman?

MADAME DES AUBIERS, agitée, et se disposant à sortir.

Oui, je vais chez Mathilde.

BLANCHE.

Chez Mathilde?

MADAME DES AUBIERS.

Il faut absolument obtenir d'elle qu'elle retourne à Paris je
vais... je dois... (Arrivée à la porte, elle descend vers Blanche.) Tu dis que
c'est au Havre qu'on attend le fils de Gervaise?

BLANCHE.

Oui, maman, au Havre... Il peut être ici demain.

MADAME DES AUBIERS.

Quelle joie! Comment pourra-t-elle supporter cette émotion!...
Oh! à sa place, je n'aurais... (éclatant.) Oh! je n'aurais jamais un

pareil bonheur!... Son fils!... son fils!... Comment vit-elle dans une pareille attente? Elle doit compter les heures, les minutes, cette femme!... Blanche, je reviens. (Elle sort vivement.)

SCÈNE XIV.

BLANCHE, seule.

Le coup a porté... L'idée va germer et grandir... D'abord elle comprendra qu'une mère peut retrouver son fils... et puis, je lui dirai : Cette mère si heureuse, ce n'est pas Gervaise... maman, c'est toi!

SCÈNE XV.

NOEL, BLANCHE.

NOEL, avec un panier qu'il pose au fond, à gauche.

Mademoiselle, où va donc madame?

BLANCHE.

Elle va chez Mathilde.

NOEL.

Mais non, elle a pris le chemin du port.

BLANCHE.

Seule?

NOEL.

Non, j'ai fait signe à Louise, qui la suit en cachette.

BLANCHE.

Souffrante comme elle est aujourd'hui!

NOEL.

Elle n'a pas l'air malade, elle marche vite et d'un pas empressé, comme quelqu'un qui va chercher une bonne nouvelle... J'ai cru que vous lui aviez dit quelque chose.

BLANCHE.

Et c'est le chemin du port qu'elle a pris?

NOEL.

Oui, celui qui rejoint le rempart, et que nous prenons quand nous allons chez Gervaise.

BLANCHE.

Elle est allée chez elle ; je m'en doutais !

NOEL.

Et-que va-t-elle faire là ?

BLANCHE.

Noël, elle va apprendre comment on retrouve son fils.

NOEL.

Comment cela ?

BLANCHE.

Je lui ai fait un conte.

NOEL.

Un conte !

BLANCHE.

Je lui ai dit le bonheur qui nous arrive.

NOEL.

Déjà ?

BLANCHE.

Mais je lui ai fait croire que c'est à la Gervaise que ce grand bonheur était arrivé.

NOEL, fâché.

C'est ingénieux ! Elle va découvrir que c'est un mensonge.

BLANCHE.

Tant mieux !

NOEL.

Vous serez confondue.

BLANCHE.

Tant mieux !

NOEL.

Elle comprendra bien vite qu'il y a un mystère là-dessous

BLANCHE.

Et elle cherchera...

NOEL, comprenant.

Ah ! j'y suis !... et elle devinera !

BLANCHE.

Elle n'osera pas deviner... c'est trop beau! mais elle pen-
sera que nous avons reçu quelques avis, qu'on nous a donné
quelques nouvelles. Deviner qu'il est là, vivant!... Ah! mon
Dieu! mais il meurt de faim ce cher prisonnier, porte-lui vite à
manger.

NOEL.

J'ai là mon panier.

BLANCHE.

C'est bien! Entre vite.

NOEL.

Faites le guet. (Il entre dans la chambre d'Adrien.)

BLANCHE.

Sois tranquille. — C'est vrai, si quelqu'un, si Mathilde nous
surprenait... ah! quelle attaque de nerfs!... Et Noël qui a tant
peur des nerfs de Mathilde!...

NOEL, sortant de la chambre, effaré.

Mademoiselle... mademoiselle...

BLANCHE.

Eh bien?

NOEL.

Votre frère...

BLANCHE.

Eh bien!... mon frère?...

NOEL.

Dans sa chambre il n'y a plus rien.

BLANCHE.

Adrien...

NOEL.

Vous l'aviez enfermé à double tour...

BLANCHE.

Ah! je devine... il est chez Mathilde.

NOEL.

Par où serait-il passé?

BLANCHE.

Par la fenêtre.

NOEL.

Encore !

BLANCHE.

Et ma mère qui doit aller chez elle !... Elle va le voir...

NOEL.

Allons, bon! à peine de retour, voilà déjà les tourments !

BLANCHE.

Et que veux-tu, puisqu'il l'aime !

NOEL.

Oui, il l'aime, il l'a revue, et déjà il ne pense plus à nous.
Oh! l'amour... l'amour !...

SCÈNE XVI.

NOEL, ADRIEN, BLANCHE.

ADRIEN, debout sur la fenêtre.

L'amour a des ailes.

BLANCHE, allant à Adrien.

Ah ! te voilà !

NOEL, de même.

Ah ! vous voilà !

BLANCHE.

Quelle imprudence !

NOEL.

Quelle folie ! (Ils le ramènent en scène.)

BLANCHE.

Sauter par la fenêtre !... mais maman pouvait te voir !

NOEL.

Mais vous pouviez vous casser le cou !

ADRIEN.

Tomber par la fenêtre... j'y suis habitué, c'est ce que je fais
le mieux.

NOEL

Joli talent !

ADRIEN.

Je n'y tenais plus !... elle était en face de moi...

BLANCHE.

Nous n'avons pas le temps de t'écouter.

(Elle le pousse vers la petite porte.)

ADRIEN, revenant à Noël.

Elle pleurait...

NOEL.

La folie est faite, n'en parlons plus... rentrez vite.

ADRIEN.

Comme elle est embellie ! la voir en deuil.. de moi ! cela m'a monté la tête.

BLANCHE.

Mais va-t'en donc !

ADRIEN, résistant.

Je te le dis, Blanche, si tous les maris qu'on pleure pouvaient voir leurs veuves en deuil d'eux-mêmes...

NOEL.

Eh bien ! qu'est-ce qu'ils feraient ?

ADRIEN.

Ils ressusciteraient tout de suite.

NOEL.

Et leurs veuves en mourraient. Rentrez vite.

ADRIEN.

Mais comme vous m'aimez tous ! mais je vaux donc quelque chose ?

BLANCHE.

Tu ne vaux rien... Cache-toi ; si maman...

ADRIEN.

Eh bien ! quand elle me verrait... je suis sûr que la joie...

BLANCHE.

La suffoquerait.

ADRIEN, passant à gauche.

Je veux voir ma mère.

BLANCHE.

Noël, tu l'entends, il veut la voir.

NOEL.

C'est d'une extravagance !...

BLANCHE.

Tu ne la verras pas.

NOEL, lui barrant la porte du fond.

Dussé-je employer la force, vous ne la verrez pas!

BLANCHE.

Sans cœur!

NOEL.

Mauvais fils!

BLANCHE.

Mauvais frère!

NOEL.

Brutal!

BLANCHE.

Marin!

NOEL.

Savant!

ADRIEN.

Oh! mais c'est odieux! Si on me maltraite comme cela, je m'en vais. J'aime mieux les sauvages.

NOEL, écoutant.

Prenez garde.

BLANCHE.

Mon petit frère, de grâce, encore un moment!

ADRIEN.

Allons, puisqu'il le faut.

NOEL.

On vient!

BLANCHE, poussant Adrien dans la chambre.

Il était temps!

SCÈNE XVII.

NOEL, BLANCHE, OCTAVE.

BLANCHE, voyant entrer Octave, bas.

Ah! ce n'est pas elle.

NOEL, bas.

Voilà du répit.

OCTAVE.

Mademoiselle Blanche...

BLANCHE, bas.

Quelle peur !

NOEL, bas.

J'en frissonne.

OCTAVE.

Je vous dérange... Pardon ! Je vais...

BLANCHE.

Non, non, restez, au contraire .. Nous avons cru que c'était maman, et de vous voir...

NOEL.

Oui, ça nous paraît drôle.

OCTAVE, étonné.

Qu'y a-t-il °

BLANCHE.

C'est que nous avons à vous apprendre une nouvelle que... qui doit...

NOEL, bas à Blanche.

N'allez-vous pas faire des façons avec celui-là !... Est-ce qu'il va aussi s'évanouir et palpiter comme ces dames ?

OCTAVE, à part.

Qu'ont-ils donc ? Ils ont l'air de se concerter.

BLANCHE, bas à Noël.

Il sera si fâché de n'être pas tout à fait heureux du retour de son ami !

NOEL, bas.

Ah çà ! je le lui pardonne. (A part.) Je me suis dit tant de fois : Pourquoi n'est-ce pas lui?

OCTAVE.

Eh bien ! cette nouvelle ?

BLANCHE.

C'est un bonheur, un grand bonheur qui nous arrive.

OCTAVE.

Un bonheur ! Lequel ?

BLANCHE.

A vous aussi... Vous l'aimiez tant !... Vous avez partagé notre douleur... Aujourd'hui, c'est notre joie qu'il faut partager.

OCTAVE.

Votre joie... Est-ce qu'Adrien ?...

BLANCHE.

Il n'est pas mort.

OCTAVE.

Ah !... mon cher Adrien !...

BLANCHE, bas à Noël.

Tu vois, il est heureux !

NOEL.

C'est d'un bon cœur !

BLANCHE, de même.

J'ai raison de l'aimer.

OCTAVE, à Blanche.

Quel prodige ! Mais votre mère ?

BLANCHE.

Il n'y a plus à craindre que pour elle... car maintenant ici tout le monde sait...

OCTAVE.

Tout le monde ?... Math lde ?...

BLANCHE.

Elle a revu Adrien, il n'y a plus de danger pour elle.

OCTAVE, avec amertume.

Ah!... ils se sont revus !...

BLANCHE, bas à Noël.

Voilà la jalousie qui lui reprend et qui va tout gâter.

NOEL, de même.

N'ayez pas peur... l'impossible arrange tout.

OCTAVE, avec agitation.

Blanche, vous êtes une noble enfant, je me fie à vous... ne dites à personne qu'en quittant cette maison j'étais instruit du retour d'Adrien... pour des raisons que je ne puis vous expliquer.

BLANCHE.

Je ne vous demande pas votre secret; je le sais.

OCTAVE.

Mon secret!...

SCENE XIX.

BLANCHE.

C'est si dangereux de regarder aimer !

OCTAVE.

Blanche !...

NOEL, au fond.

J'entends madame !...

OCTAVE.

Adieu.

BLANCHE.

Ne me quittez pas..... Songez-y donc, il faut bien lui apprendre... Aidez-moi.

OCTAVE.

Il vaut mieux...

BLANCHE.

Je vous en prie !...

SCÈNE XVIII.

BLANCHE, NOEL, MADAME DES AUBIERS, OCTAVE.

MADAME DES AUBIERS, observant Blanche et Octave, qui sont immobiles, puis passant à droite, à part.

Mais pourquoi m'a-t-elle trompée ?.. Blanche, la vérité même... Elle m'a fait un mensonge... Pourquoi ?... c'est impossible !... je ne veux pas espérer... j'ai peur ! (Haut). Noël, laisse-nous.

(Noël sort.)

SCÈNE XIX.

BLANCHE, OCTAVE, un peu au fond, MADAME DES AUBIERS.

MADAME DES AUBIERS, à Blanche.

Tu as peut-être été inquiète de moi, Blanche, de ma longue absence ?.. Je t'avais dit que j'allais chez Mathilde, et puis en descendant l'escalier, l'idée m'est venue d'aller voir Gervaise, tu te rappelles, que tu m'avais dit être si joyeuse : je l'ai trouvée plus triste que jamais.

BLANCHE.

Gervaise!

MADAME DES AUBIERS.

Elle n'a reçu aucune nouvelle de son fils... Ah! c'était un trop grand bonheur! Je savais bien qu'il ne pouvait arriver à personne!... Pleurer son fils, et le revoir tout à coup devant soi, vivant... Entendre sa voix qu'on croyait éteinte à jamais... le tenir dans ses bras serrés, serrés!... pour qu'il ne s'échappe plus... (Avec exaltation.) Oh cette joie-là, je savais bien qu'il n'était donné à personne de la connaître, de la savourer!

BLANCHE, à Octave, bas.

Oh! voyez, regardez-la, comme elle a la fièvre!

MADAME DES AUBIERS, à part.

Je m'exalte trop, ils ne me diront rien. (Elle s'assied à droite.)

BLANCHE, à Octave, bas.

Vous comprenez quelle prudence il faut!

MADAME DES AUBIERS.

Qui t'avait fait ce conte-là, ma fille?

BLANCHE.

C'est Noël, maman. Un paysan lui a donné ce matin cette nouvelle comme certaine.

MADAME DES AUBIERS.

Est-ce que cet homme connait des détails? Est-ce qu'il nommait précisément la Gervaise?

BLANCHE.

Je ne sais pas s'il l'a nommée. (Mouvement de madame Des Aubiers.)

MADAME DES AUBIERS.

Ah! ah!...

OCTAVE, bas à Blanche.

Prenez garde!

BLANCHE.

Je sais seulement que d'après tout ce qu'il a raconté, Noël n'a pu douter qu'il ne s'agit de Gervaise.

OCTAVE à madame Des Aubiers.

Je retourne au Havre ce soir; et si vous le désirez, madame, je vous enverrai des renseignements.

MADAME DES AUBIERS, vivement.

Vous partez, Octave? (A part.) Comme il est triste!... (Haut.)
N'avez-vous pas promis à monsieur de Pierreval de lui ramener
sa fille?

OCTAVE.

Oui, madame, mais...

MADAME DES AUBIERS.

Avez-vous réussi?... consent-elle?

OCTAVE.

Non, madame, elle s'obstine à rester.

MADAME DES AUBIERS.

Ah!... Et vous, vous partez?

OCTAVE.

Veuillez me permettre de prendre congé de vous... Adieu,
madame.   (Il sort.)

BLANCHE, à part.

Il s'en va... c'était trop de bonheur!

(Elle s'assied sur le canapé au fond, à gauche. Elle pleure.)

SCÈNE XX.

MADAME DES AUBIERS, BLANCHE.

MADAME DES AUBIERS, à part, avec joie.

Comme il est embarrassé, honteux auprès de moi!... il a l'air
de me demander pardon de n'être pas heureux. Il n'y a que le
retour d'un rival qui puisse le décourager ainsi... Oui, c'est cela!
Lui, il me cache son chagrin... eux me cachent leur joie! Oh!
je veux tout savoir!... je pourrai supporter ce bonheur, mais je
ne peux plus supporter cette espérance folle... c'est leur joie
que je veux. (Apercevant Blanche qui essuie ses yeux.) Elle est tout en
larmes... Malheureuse! je me suis trompée!

(Elle tombe sur un fauteuil, à droite.)

BLANCHE, accourant vers elle.

Maman, vous êtes souffrante... maman... oh! comme tes
mains sont froides! Tu es malade... veux-tu que?...

MADAME DES AUBIERS, avec égarement.

Blanche, pourquoi pleures-tu?

BLANCHE, *effrayée.*

Mais depuis le... le départ de mon frère, je ne peux plus dire adieu à quelqu'un sans pleurer.

MADAME DES AUBIERS, *regardant son deuil.*

Ah! je suis folle! je demande pourquoi on pleure!... Mais à qui as-tu dit adieu?

BLANCHE, *avec embarras.*

A Octave...

MADAME DES AUBIERS, *à part.*

Ah! c'est vrai elle l'aime... je l'avais oublié!... Pauvre enfant!... il part... elle pleure!... (*Avec joie.*) Mais c'est pour cela... pour cela seulement qu'e le pleure!... (*Haut.*) Blanche... non... (*A part.*) Non je lui ai fait peur, elle ne dira rien... je veux toute seule... (*Elle se lève.*) Je veux, en relisant encore les rapports qui m'apprennent cette mort affreuse... Oui, je veux les relire. (*Elle va à la table à gauche, elle regarde dans le pupitre. — Haut.*) Eh bien! où est donc la clé de cette chambre?... je l'avais mise là... Est-ce toi qui as repris cette clé?

BLANCHE.

Laquelle, maman?

MADAME DES AUBIERS.

La clé de cette chambre, celle de... ton frère!

BLANCHE.

La clé... vous la gardez toujours dans votre secrétaire... ce n'est pas moi, maman.

MADAME DES AUBIERS.

Qu'as-tu donc? Tu as l'air de te justifier.

BLANCHE.

Me justifier!

MADAME DES AUBIERS, *à part.*

C'est elle qui l'a prise!... Pourquoi? J'ai eu tort de renvoyer Noël... Noël mentira aussi; mais je devinerai bien. (*Haut.*) Je veux cette clé, Blanche, va la demander à Noël. (*A part.*) Non, elle le préviendrait. (*Appelant.*) Noël!

BLANCHE,

Je vais le chercher.

MADAME DES AUBIERS, vivement.

Non... il m'a entendu. Elle voulait le prévenir. (Elle va à Blanche. — Haut.) Ma fille, tâche de retenir Octave quelques moments ; j'ai à lui demander un service... Oui, tâche d'obtenir qu'il ne parte que demain ; je tiens beaucoup à ce qu'il reste aujourd'hui.

BLANCHE.

Oui, maman.

MADAME DES AUBIERS.

Va, ma fille, va. (A part.) Si je puis me contraindre, je saurai tout.

BLANCHE, bas à Noël, qui entre.

Je n'ai rien dit encore ; sois prudent ! (Blanche sort.)

SCÈNE XXI.

NOEL, MADAME DES AUBIERS.

MADAME DES AUBIERS, à Noël.

Ferme la porte. Eh bien ! Noël, on a des nouvelles de mon fils !

NOEL, stupéfait.

Ah ! madame, qui est-ce qui vous a dit une chose pareille ?

MADAME DES AUBIERS.

C'est Blanche.

NOEL.

Mademoiselle Blanche à eu tort de vous dire ça... Ce n'est peut-être qu'un faux bruit qui vous donnera une fausse joie.

MADAME DES AUBIERS.

Comment ?

NOEL.

Oui, il y a quelque chose... (Madame Des Aubiers chancelle. Il la fait asseoir sur le fauteuil, à droite.) Et si vous étiez tranquille, si vous pouviez être tranquille, je vous dirais tout.

MADAME DES AUBIERS.

Oh ! Noël... vois comme je suis calme !

NOEL.

Vous n'en avez pas trop l'air : au premier mot que je vous dis
vous tombez...

MADAME DES AUBIERS.

Je t'en prie, je t'en supplie... c'est un bonheur impossible ;
mais depuis une heure que Blanche m'a jeté cette idée en espérance, je l'ai comprise, acceptée... je...

NOEL, avec une fausse bonhomie.

Alors, je peux vous dire la vérité.

MADAME DES AUBIERS.

Oui, mon bon Noël, mon vieil ami... toute la vérité... Eh
bien ?...

NOEL.

Voilà ce que c'est : un voyageur a débarqué ce matin au
Havre, et ce voyageur a raconté, par hasard, qu'il avait rencontré dans ses voyages un jeune voyageur... avec qui il avait
voyagé... et que ce jeune voyageur se nommait Adrien Des Aubiers... Alors, on lui a dit que nous avions appris sa mort, qu'il
avait péri à... vous savez... Mais non, a-t-il dit, c'est depuis cette
affaire que nous avons voyagé ensemble, et il n'y a pas quinze
jours que je l'ai laissé vivant et très-bien portant...

MADAME DES AUBIERS, ivre de joie.

Où ?

NOEL.

Où ?

MADAME DES AUBIERS.

Oui.

NOEL.

A... (A part.) Il me faudrait un nom de pays.

MADAME DES AUBIERS, exaspérée.

Mais où donc, Noël, où donc l'a-t-il laissé ?

NOEL, effrayé.

En Perse !

MADAME DES AUBIERS, en colère, se levant et passant à gauche.

Ah ! tu es absurde !... En Perse... il y a quinze jours... c'est
impossible !

NOEL.

Mais, dame ! aussi c'est votre faute... vous me grondez, madame!... Vous en devinez plus qu'il n'y en a, vous me faites perdre la tête.

MADAME DES AUBIERS.

Noël!... Dieu! quelle idée!... Oh! mon pauvre cœur!.. si cela était!... on l'attend?...

NOEL.

Non, madame, non, ma parole d'honneur, on ne l'attend pas!...

MADAME DES AUBIERS.

Alors, il m'a écrit?

NOEL.

Il ne vous a pas écrit.

MADAME DES AUBIERS.

Il t'a écrit à toi?

NOEL.

Non, madame, pas lui... mais il m'est impossible de vous confier la lettre.

MADAME DES AUBIERS.

Pourquoi?

NOEL.

Parce que je ne l'ai point reçue.

MADAME DES AUBIERS, exaltée.

Ah! tu me fais mourir!... C'est par charité qu'il me torture ainsi... Pauvre homme... tu as raison, cette joie m'écrase.
(Elle tombe accablée sur le fauteuil.)

NOEL.

Madame...

MADAME DES AUBIERS.

Laisse-moi... laisse-moi...

NOEL, à part.

Que faire?... Faut-il?... je vais les appeler. (Il va à la fenêtre.)

MADAME DES AUBIERS, se levant.

Mais si on les avait trompés... s'il me fallait perdre cet espoir! Non, Blanche ne me l'aurait pas donné... la nouvelle est certaine. Oh! oui, j'en crois ma joie!... Cette joie délirante qui m'enivre est un pressentiment, c'est une preuve!... Dieu ne permettrait pas cette sublime joie à une mère dont l'enfant se-

rait au cercueil... Si je l'éprouve, cette joie, c'est que mon fils
est vivant... Oui, il vit, je le sais, je le sens!

SCÈNE XXII.

MADAME DES AUBIERS, MATHILDE, NOEL.

Mathilde entre vivement et s'arrête.

MADAME DES AUBIERS, à part.

Mathilde! Celle-là va se trahir... Elle a changé de coiffure...
c'est la coiffure qu'aime Adrien... Elle l'attend! (*Elle va à Mathilde.
— Haut.*) Mathilde!

MATHILDE, n'osant la regarder.

Cette espérance si douce vous agite... calmez-vous. Moi, je
n'ose croire tout ce qu'ils disent... ces renseignements sont
peut-être...

MADAME DES AUBIERS.

Pourquoi détournes-tu les yeux?

MATHILDE.

Votre vue me serre le cœur... cette émotion si vive...

MADAME DES AUBIERS.

Je suis plus forte qu'on le pense, Mathilde, me voilà bien préparée à ce bonheur. — Tu attends Adrien?

MATHILDE.

L'attendre!... Oh! non pas encore.

MADAME DES AUBIERS, avec inspiration.

Mais... le bonheur se trahit dans tout ton être... oui, oui, l'é-
clat de tes yeux... ce rayonnement... Adrien t'a regardée!... Il
est ici!

MATHILDE.

Calmez-vous... non... non!

MADAME DES AUBIERS.

Tu mens!...

MATHILDE.

Je vous jure...

MADAME DES AUBIERS

Tu mens!... Tu l'as revu!

MATHILDE.

Qui peut vous faire croire?...

MADAME DES AUBIERS.

Regarde donc comme tu es belle!

MATHILDE.

Eh bien! je l'ai revu. Mais vous ne pourrez le revoir **que**
demain.

MADAME DES AUBIERS.

Je ne t'écoute plus. (Octave et Blanche paraissent au fond, et viennent à
elle pour la calmer.) Je n'écoute plus rien... Adrien! mon enfant!...
je sais que tu es là... Viens, viens donc... Adrien!

ADRIEN, ébranlant la porte de sa chambre, mais ne paraissant pas encore.

Ma mère!

MADAME DES AUBIERS.

Ah!... sa voix!... (Elle tombe dans les bras de ceux qui l'entourent.)
(A ce moment, Adrien ouvre la porte de sa chambre; à la vue de sa mère il
s'arrête.)

SCÈNE XXIII.

ADRIEN, OCTAVE, MADAME DES AUBIERS, BLANCHE, MATHILDE, NOEL.

ADRIEN.

Je n'ose.

MATHILDE, allant à Adrien.

Courage!...

MADAME DES AUBIERS.

Mon Dieu!... (Adrien s'élance vers sa mère, qui le repousse du geste avec
un effroi plein de tendresse. Adrien tombe à genoux, madame Des Aubiers le con-
temple un instant, éperdue de joie, puis elle prend la tête de son fils dans ses mains,
et elle l'embrasse avec passion.) C'est toi! c'est toi!... (Tombant à genoux.)
Oh! laissez-le-moi, mon Dieu! laissez-le-moi!

BLANCHE.

Maman!

MADAME DES AUBIERS, pressant sa fille et son fils dans ses bras.

Les voilà encore deux!... Je les tiens encore tous les deux!...
(On la relève. Elle tend la main à Mathilde.) Ma fille!

ADRIEN, tendant la main à Octave.

Mon ami! mon frère!

OCTAVE, à Noël.

Quelle joie! Et moi qui avais peur de n'être pas heureux!

ADRIEN.

Mathilde! Octave!... Quelle bonne vie nous allons mener à nous cinq!... (Regardant Noël.) A nous six, mon vieux Noël!

NOEL, qui est venu à l'extrême gauche.

Merci, mon enfant! Vous n'avez pas besoin de me faire ma part dans votre bonheur, je sais bien la prendre... Mais cette joie est trop forte...

MADAME DES AUBIERS.

Moi, je la supporte.

NOEL.

Grâce à nous!... mais moi, à force de préparer les autres, je me suis épuisé... Ah! (Il tombe sur le pouff.)

BLANCHE, courant à lui.

Ah! mon Dieu! il se trouve mal?

NOEL.

Non, non.

MADAME DES AUBIERS.

Rassurez-vous... vous le voyez bien, mes enfants, on ne meurt pas de joie!

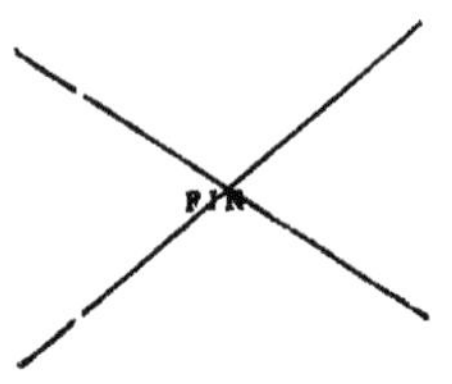

ÉMILE COLIN ET Cⁱᵉ — IMPRIMERIE DE LAGNY — 17057-8-03.
R. GREVIN, SUCCʳ